# 冬日，在俳句內外徘徊

楊淇竹　著

# 遇見，老東京

楊淇竹

曾經書寫過東京，快步行進速度，加上電車一班班接續來去，讓我首次體會到城市人冷漠與機械感，比外在冬季嚴寒、可怕。除了心理因素的衝擊，仍有許多美好。記得當時（二〇一五年）尋訪了過去（我先生）喬瑟夫出生地歌舞伎町和公婆青春的愛情故事，陪他們走過年輕讀書的早稻田校園；藉由觀看城市的新奇和差異，認識一座與台北相當接近的他城。

二〇一八年，再次踏上東京，事實上不在預料中。參加了台日文化交流（近代台湾表現芸術受容の変遷の研究）的小型研討會，準備論文稿件發表，瑣事全然屬於學術的領域範圍，沒有任何是獨留給書寫。我，已到了池袋，用兩小時判斷東西南北。這次隻身前往，總能讓感官敏銳，當日抵達的午後，開始下小雨，隔天晨起出門，大雪紛飛。

天氣變化劇烈，冷冬中探訪子規庵、清澄白河、松尾芭蕉紀念館等地，倍覺特殊，促使思考更加敏銳。雪，加上冬寒，我在正岡子規書房，發現了詩人歷經的悲苦，他是十九世紀重要的詩人卻少見於台灣的翻譯介紹。解說人在書房介紹著子規先生如何在苦痛身體中創作，我望出窗外，看見瑟縮絲瓜一條一條掛在棚架，眼前風景恐怕是子規書寫，時常相伴的視域了。詩第一輯「雪：根津訪詩」，便是進入詩人書房氛圍中，產生的冥想感動。

「庭園：孤寂在漫步」是遊湖過程，一些意外。雪後，隔幾天早晨，豔陽光灑下，風吹來溫暖。行前，我想湖境應該屬於觀光勝地，會是易於行走的小徑，穿了一雙粗跟高跟鞋。走進清澄白河庭園，原來還是錯估情勢，小徑雖好走，但是園裡奇形怪狀大石頭滿佈，不覺悲來，我就用異常閑散的「漫步」，遊歷靜謐與喧囂隔絕的庭園。石碑有松尾芭蕉的詩，聯想到剛正從芭蕉紀念館領略的旅行閒情，結合。

「晴空：遊莫內《睡蓮》」大多是從池袋西武百貨的花園造景而來。原本就喜歡莫內，他的荷花池與印象派理念一直深受影響，此處是日本人打造出莫內繪畫的空中花園餐廳，重現了莫內家花園小橋和荷花池，可惜當時不是花開季節，水池旁排滿不同花種的多色盆栽，呼應池水幽靜，使冬季花園散播盎然。此輯尚有我慢走池袋的一些觀察，街景、餐廳與夜生活。

「雜記：閒逛東京都周邊」圍繞在往發表論文與看劇搭乘地鐵周邊，所見所聞。印象最深是岡本太郎〈明日神話〉（明日の神話），人來人往的渋谷，鮮豔色彩筆觸，猛然，些許驚恐。壁畫再現了原子彈爆破的悲劇場景，可以發現爆破中的瞬間凝結；同時，鮮明色彩也刻意營造感官接受上的衝突效果。〈啊！愛人〉是私心留給論文研究對象翁鬧詩篇，閱讀他的〈天亮前的戀愛故事〉，感受時間片段與接合，愛情在現代性繁衍出悲哀，而故事，卻不斷反覆於我閱讀情境。

東京，老意象，彷彿在詩人創作重新被我揭開，城市書寫延續《生命佇留的，城與城》，也為熟悉的他城，妝點新意。

# 目次

## 庭園：孤寂在漫步

晴空：遊莫內〈睡蓮〉

## 雜記：閒逛東京都周邊

# 雪：

根津訪詩

探訪正岡子規（一八六七－一九〇二）故居，出了車站，繞道許久，才抵達。隱密小徑，便在進入子規家屋，打開視野，保有古典日式建築、庭院與窗櫺，榻榻米陳設，為生前所居，作家後期為身體病痛所苦，著《病床六尺》聞名。並且在推動俳句改革，貢獻極大，視為子規文學成就之一。

# 冬日

算計時間
期待的一棵櫻花
猶如沉睡中
等待
醒
甦……醒……

些許陌生
些許熟悉
不曉得跨越了冬日
妳是否是
我
吻不醒的
公主

# 庭園

庭園沾染了風霜
樹葉上薄薄雪片
綻一朵紅花
與
佇一隻小雀
冷冬時節
驚鴻
相片裡的我

# 書房

走進子規書房
案上，無當年揮毫
娟秀字跡陳年展示櫃
封鎖
進不了你心
留有缺憾

桌子缺了一方形
有些突兀
原來它有待拼的圖
那是心靈枷鎖
把身體病痛
一字一字
羽化

為了長時間書寫

子規書桌缺了一塊

方形

右腳彎曲依靠方形

我也有一塊待拼

地圖

詩，祕密

滴落到心靈

雪，飛濺了起來

# 湖光

心
在雪季
凍結
一片冰湖
無法出門的窘境
陽光映照下
仍是反射了光芒

子規病榻的湖光
心靈裡
不受身體牽絆
靠在案的腳
沒有湖岸羈絆
思想，向無盡世界
飛舞

# 窗景

窗分隔一塊一塊
把視線
切割一塊一塊
封閉塵埃
落入寂靜
榻榻米氣味

雪，飄落
棚架上絲瓜
是凍結的淚

# 燈

也許古老以前
已燃燒一盞虛弱
玄關口
暖色系黃光
白日，細雪紛飛
我依舊
存在

# 榻榻米

我跪姿
乞求有主人的感覺
房間，無聲寂然
所有訪客已離去
門敞開著
在榻榻米的姿態
等待凋零
冬日

病榻日子
子規思緒飄落在
榻榻米
等待生命耗盡
冬飄細雪
他說屋舍小巷

喪禮別公告

訪客

# 案

書寫，發生在一只案
日日夜夜
我卻相遇一刻永恆

# 等待

等待一趟旅行
從夏天訂機票開始
數日子
時間在生命
轉圈圈
常被迷人陣雨遺忘應該等待
時間經過夏末烘烤
等待，冬日一捧雪
融化酷暑
秋將葉子燙金
我領悟蕭瑟
撿拾地上破碎
依舊等待時間遺落的情思
終於，踏上旅程
冬日綿綿長

雪，卻落在思念的
他城

# 與溯石

友情
後世傳唱
能有多少際遇
時間流轉與命運
交錯？
同窗，年少的
子規和溯石
閱讀中
尋找，
暫停的過客

# 寂靜

圍觀在電視機
探訪子規生命與書寫
介紹仔細
嚴肅氣氛中
榻榻米吸附了
生命的寂然

# 印

印下姓名
標誌用印者屬地
即使時間留下深痕
泛黃書冊
仍宣告他的主人
隔一片櫥窗
印，濃厚身世
曾經是
作家全部寄託

# 絲瓜

棚架絲瓜
乾癟
垂掛窗櫺前
我以為時間靜止
絲瓜，水一滴滴流失
向冬日，一次次告別
老邁地
迎接
新訪友

# 窗櫺

格線
把眼前絲瓜棚
分成一塊塊
透光玻璃仍舊
仔細映照
瓜棚的老
滄桑，在二月東京
未結冰
細雪飄落
寂靜如塵埃

# 花園

園裡，石頭疊起造景
樹木栽種生靈
棚架絲瓜，蒼老永恆
造訪者走進花園
貪看
子規的生活

# 細雪

子規書房，閉鎖安適
行動不便
卻，書寫自如

闖進，細雪冬日
我正尋找
一處
休憩點
如子規，心靈的
安置所

# 僵硬的冬

身體穿了一件
羽絨大外套
塞進熱氣，無法動彈
走往車站
邁開小步小步
僵硬的熱
終於，進地下通道後
散開
身體的暖與空調的暖
將冬阻隔在外
嚴肅的
僵硬老人啊！

# 碑文

用多少精簡
才能
將一生的志
抒發
然後，歷經千年或萬年
又留下什麼？

石碑，整齊排入展廳
也許簡短幾句
也許冗長行文
都在封了嘴的石刻
吐露滄桑

# 一朵花

一朵突兀的花
寒冷花園
綻放

小鳥停駐休憩
花的魅力
冷然靜默中
滋養詩的
靈感

# 鳥

鳥
突兀飛進
窗景
上午，飄細雪
羽毛展翅落下的冷凝
休憩在不知名花朵
寂靜，玻璃窗內外
仔細靠近
雪未停
鳥，倏然離去

瞬間
只追回遺憾

# 餓

飢餓亂竄血液
粥糜，在冷冬
囫圇被吞下
驅離腹的飢
只要再一點一點
扒光了肉菜
飢餓止息

嘔吐感，油然
而升
我的食物啊
吐……一遍一遍
無法擁抱你
飢餓又將包圍

反覆進食
反覆嘔吐
時間於子規筆下
開花

# 書寫

看子規墨跡
力道深切
精神，置放此
穿越時間
我在彼，朝向
前衛思潮
俳句，我用起伏心境
閱讀文學的
變

# 小巷

我在蜿蜒小巷
尋找
詩，蹤跡

病榻詩人努力
掙脫殘缺

我也想掙脫
小巷的蜿蜒
焦躁不安
恍若，寫作過渡期！

# 書法展

筆尖，揮毫
把思緒安放於靜
外在空氣
凝結
書寫時刻
蔓延至
觀展氛圍
潑墨，朝向我
尚未成熟的
悟

# 前衛

具備多少勇氣
才抵擋
排山倒海
否定……
創新，變成異類
走著多數人分歧道路
孤單尋找相伴
詩，變奏
獨樹歷史

# 刻印

眼前印章
力道深深進了石頭
這是名人書畫刻印展
經過幾世紀，跨越國境
來到此
堅忍剛硬石頭
畫刻歷史

# 傘

雨凝結冰之際
落下
風，輕柔吹動
飄在一隻隻傘
滴滴答
雪，吹進異鄉人的
悸動

# 疾行

必須快步
台北時間在東京
不管用
僅只時差差別？
不，我需要再多看一些
夕陽西下前
立足瞭望台，望了整片東京都
時間依舊消逝
脆弱之心
抓不到的永恆
黑夜瞬間衝擊而來

# 狐狸麵

雪在飄
冷颼空氣
融化在眼前一碗
烏龍麵
攪拌湯汁
豆皮下沉
熱呼呼麵條與七味粉
暖和異鄉客的心
也咀嚼狐狸愛吃豆皮傳說
冷冬，感受文化的熱度

# 棒球

原來當年，子規愛運動
熱衷棒球
我只在脆弱記憶
尋到一種前衛
日治時代，也曾風靡
南國台灣
炎炎夏日球聲雨聲
此起彼落
那年身著棒球服
嘉農一字排開
老照片，將比賽盛事
人聲呼喊
記錄了。
我也在子規不斷提倡中
共鳴，夏日

# 庭園：

## 孤寂在漫步

遊訪清澄白河庭園，根據簡介，18世紀就有此園規模，富商紀伊國屋文左衛門所有，後經歷多位擁有，不斷翻新整修，關東大地震部分毀壞，當時岩崎彌太郎將一部分毀損不嚴重的地方，捐贈給東京都，提供受災戶避難，其他繼續整修。一九三二年，以東京都公園之名，開放，到了一九七九年，列為名勝。

到清澄庭園之前，參觀了松尾芭蕉（一六四四－一六九四）紀念館，偏好旅行的芭蕉，俳句充滿自然意境，獨特風格，流連於閱讀。

# 池

走入清澄白河庭園
冬陽溫暖
散步池水小橋
疲累坐在石頭
只要再多一些
時間
只要再
多……一些
東京時間似乎不等人
閑散，馬上追著列車跑
我的心
匆匆破碎

# 石頭

池上，大小石頭鋪路
玩跳格子
1⋯2⋯3⋯
左腳右腳左
到對岸
池水，輝映了
童趣

# 蛙鳴

池塘沒有一隻蛙
也許此刻非季節
一片遼闊水池
石頭浮在池邊
佇此，不想遠遊
他內心也等待
旅居他鄉的蛙
帶回幾聲冬日記憶

# 冷冬芭蕉樹

以為冷冬
就不會
遇見你
畢竟東京冬雪嚴寒

嶄新芭蕉葉
清新向眾人打招呼
即使天冷
依舊尋到俳人
一處芬芳

# 水之聲

## ——走過清澄庭院

蛙躍古池內，靜瀦傳清響*
古池や　蛙飛びこむ　水の音

在石刻
見芭蕉思念
澄清池水
幽幽傳來水聲
從夏日記憶
注入
波光粼粼
平靜，聆聽
自然

*引自「清澄庭園」中文簡介。

# 望庭

望了庭
你在想什麼？

走過你的紀念館
芭蕉響亮名號依託了館外芭蕉樹
來訪者尋找歷史片段
也尋找遺忘的片語
俳句展示書中
跳躍，跳躍
撼動脆弱的心

望了庭
只有你殷切思念

# 旅行

遠遊，把觀看視野
擴大在書寫
一點一滴
筆墨

# 走

也許是離開
也許是休憩
你就轉身遠遊去了
文壇似乎因你走
變得孤獨

這世代詩人
汲汲營營，把心思
置放在名利
天平
秤一秤
重心在哪？
人就在那。

沒有格調將削弱詩人
筆尖力氣
弱到歷史天平上
不足為知

# 瞬間

今年秋來　怎地突然衰老　鳥入雲中*
此秋は　何で年よる　雲に鳥

髮蒼，瞬間中
覺得老邁
只要秋風吹動
凋零撲滿落葉的地面
尋到歲月
想拾起一片時間
啊！一陣秋風
慌亂攪局，吹散內心的
眷戀

* 引自松尾芭蕉著，鄭清茂譯注，《芭蕉百句》。台北：聯經，二〇一七年，頁182。

# 失去

失去，一把火
燒光了
草屋

世間，不再遺戀
芭蕉決心遠遊
行走之間
擁抱
大
地

# 菊

撲滿菊的俳句中
尋找一朵
秋
芬芳

# 盎然

池水
綠意盎然
毫無冬日寒意
漫步在
晴空陽光底下
滋養內心
一株
詩

# 靜

只聽見陽光
漫步
水波，一圈圈
今日無青蛙
冷冬季節
我在靜
發現
櫻花，蠢蠢欲動

# 冬陽

昨日細雪紛飛
池水沒遺留寒冷
仍舊，冬陽底
散發和煦
無限開闊綠意
打開寂靜閱讀空間
聲響於時間流逝
靜默流走

# 遠遊者

但願有人　叫我浪跡遊子　初冬時雨*
旅人と　我名よばれん　初しぐれ

遠遊，拋下一切
俗務

詩，在孤寂裡
孕育永恆

心靈聲響，叩問叩問
跨越時間

冬日，即使已幾世紀
我仍讀出遠遊者
心

*引自松尾芭蕉著，鄭清茂譯注，《芭蕉百句》。台北：聯經，二〇一七年，頁106。

# 讀，一首秋

張口說話　嘴唇便會受寒　在秋風裡*
物いへば　唇寒し　穐の風

隱喻總是特別
即使在古老時間
秋風冷颼
仍吹到此刻
緘默，是修身
別再說三道四了
現代人？
也許是
現代詩人。

* 引自松尾芭蕉著，鄭清茂譯注，《芭蕉百句》。台北：聯經，二〇一七年，頁189。

# 風

和煦
風，夾在冬陽
吹拂綠葉
尚未開苞的花朵
尚未吐露的嫩芽
都在飛舞
我，卻領悟
一池幽靜……

# 一句諺語

石の上にも三年

平坦渡石塊
冬日早晨，尚且冰涼
也許真需要等待
三年……
一段不長不短時間
考驗耐心
體力
與無法說出的
孤寂
我仍舊信念
當春天，迎接
美麗花朵的
彩蝶

隱藏了多少祕密

究竟？

# 雪後初見陽

坐石椅曬陽光
僅短暫幾分鐘
我開始懷念
生命中
錯失的一草一木
在我離去後
所有，終將回憶
輾轉難眠夜晚
冬夜啊……
只求一絲暖陽

# 追尋

追尋，一段記憶
有關文學的閱讀經驗
浩瀚書海
眼看一池冬日庭園
變得渺小
我的記憶跟不上
樹葉沙沙作響

落空
自等待中
時常，遇見
小徑後
世外桃源

# 孤寂

與友人談笑
他介紹庭園歷史
許多大石深意
堆疊記憶
我看著滔滔不絕
唇語
分心思緒
另尋一處角落
閱讀
眼前友人，熱情
毫無發現
我已坐落寂靜

# 婚紗照

新人展露笑顏
風和日麗
冬陽
與庭園池水
將婚前欣喜點綴臉龐
攝影、燈光
小心翼翼
快門按下前
刻意營造
人的風情

# 遊園

我絕不是
大觀園的姥姥
但走進庭園
像陌生人
闖進我的陌生
庭園卻一點也不陌生
觀光客分水嶺
侷促，在池岸步道
前行與後退

# 涼亭

池水相隔
從此岸
遠眺彼岸
涼亭立在中間
湖水輝映
倒影了歷史片片
寂靜，在漫步
如蜻蜓點奏

# 渡池石塊

連接湖水東與西
佈滿大小石塊
缺少石橋穩固
卻也開通湖面道路
平整石面
適合任何腳步
一步步清幽足音
在時間歷程
刻入石塊裂縫

# 橋

相連兩岸
石橋架起通行的欲望
客，走走停停
把對岸的風
吹進小島
又吹進另一端石橋
兩邊橋下
看著水流，擺動
小峽灣中
留住了
多少思念

# 島

島，向岸邊
招手
清澄庭園，湖水
悠悠，映出綠樹林
身影
冬日陽光和煦
開始找尋
歷史的文人

# 地震

一九二三年的大地震
殘破關東
眼前清澄庭園
也曾毀壞
我看不出任何震盪
但讓文壇有了新勢力崛起
創新，或者改變
地震
震動了省思
新感覺派文藝
吹出一種異地風情

我仍然尋找
是否有遺跡
收藏了災難後

人的驚恐
庭園，也曾經收容許多
無家者

毀壞庭園，隔一年
動工整修
歷經八年，時間在石頭
填補與翻新中
紀錄了人的懷念
重修，希求他的存在
即使風雨過境
永遠
在此等待

# 潛鴨

鴨群，無聲無息
優遊
我並無留心
全部目光
吸引庭園遼闊
還有後面高聳一座山
簡介標明富士山
但純屬人為
樹木茂盛啊！假山
鴨群，優遊自得

江戶時代的富商宅第
易主多次
興衰之中，仍見雄心
鮮豔鳳頭潛鴨，何時到此遷徙？

他們悠閒，也許是
安逸的現世

# 高跟鞋

踩踏高跟鞋
身著套裝，晨間片刻
來尋奇觀
把心投注午後的會面
驚心地做準備
卻在清澄庭園獲驚心
這雙格格不入的鞋
痛苦難耐
我希求再多遠眺
步伐無法前行

冬日，苦等多時
沒牽絆的生活瑣事
豈料，囿限一雙鞋
幽禁在池水庭院
遠遊

# 晴空：

## 遊莫内〈睡蓮〉

因發表論文去東京，暫住池袋附近旅店，所有地景，我走過，均在感觸中，一一呈現。其中特別為西武百貨頂樓「莫內花園」（食と緑の空中庭園）停佇，在我對莫內畫作充滿感動之餘，也開啟了心靈對話。

# 空中花園

冬陽早晨
透露了昨夜美夢
照射在葉片
把光灑入池水
倒影出空中花園
樹，翠綠盛開
小橋，牽動池水兩端
荷花，等待季節吻醒
不知名小花，圍繞
海市蜃樓水影
只有花與風
容不下
吵雜

# 食客

坐頂樓
賞雲
置於一片花海
可惜冬日尚未開
綠油油樹葉和草
伴隨食客
早午餐。午餐、晚餐
遞嬗
絡繹不絕
只有異鄉客來尋
莫內蓮花
如何在空中花園
綻放

# 無雲早晨

雲淡風輕
鬆口氣
我在這
無雲早晨
眼看人川流而過

購物日為了犒賞乖順的小兒
七日，獨自與父相處
父總喜歡逗弄
子每每愛反抗
兩人拉鋸戰，在我踏出國門
自動消解

偶時聽膩他們爭戰
忙勸架

我卻在放鬆日
得知父子相處融洽

無雲早晨
和煦陽光
開始購物
蜂蜜蛋糕、銅鑼燒、父與子襯衫，以及湯瑪士火車書……
蕩漾在親情的思念

# 花

冬日小花
妝點荷花池畔
不是主角，這季節卻穩佔
鰲頭
繽紛色彩，恍若冬從未到來
擁抱正午陽光
每朵小花都在舞台
搬演人生

# 無蓮之池

無，是一種缺憾
等待，有
到來

本來無意來尋
但是左走右走
逃不了池袋
順勢走進西武百貨
我帶一點好奇
想看看造作的花園
因為人工，所以刻意

電梯一打開
冬陽曬在花架
視野開闊，雲與造景貼合幻想

始終欲尋蓮
才發現，落了空
其實呀……
造作是花園
池中荷花，怎能造作？

我帶著，無
回去
心期待，有
重逢

# 小橋

走上橋
水影映照我的身形
愜意陽光
即使無荷花
仍嗅到
生命盎然
深入折射光影
為繽紛顏彩
描繪，瞬間的
暫留

# 烏龍麵

店家精心製作
嚼勁，不再圓滾滾
力道留在麵條
彎彎曲曲
將費工揉麵與切麵
展現
一碗烏龍麵

兒時，老祖母也曾
獨自揉麵糰，切麵條
彎曲麵身
把愛，包裹
我同樣在池袋
遇見
記憶的溫暖

僅僅一碗

熱騰騰烏龍麵

驅離

冬日風寒

# 池袋

走往地下街迷宮
不知何往，是東？是西？
人群往來往去
我循電子地圖往東往西
出口一一通向醒目地標
人瞬間渺小，街道建物林立
無論現在幾點
現代性永遠刺進心靈
行屍走肉
返回寧靜旅店
門，尚未關上前
紙醉金迷日夜聲響
都伺機綁架
我的知覺

# 止步

人來人往吵雜
百貨公司底下遊走
到了頂樓花園
鼎沸，全消失
我安靜吃一碗麵
大傘隔絕陽光
旁，暖爐熱氣吹拂
冬季
也止了步

# 東方

為了仿造花園舒適
建築師把造景
移到頂樓
蓋起花架、水池、小橋
籌畫餐廳區域
把荷花種進池底
看似真實的景
星空下
輝映了燈光
夢想，實現
遙遠的莫內荷花池
林立空中
一幅現實的
繪畫
觸覺東方氣息

# 實與虛

想撈，水影裡浮生若夢
食客走來走去
只在乎是否飽足
我卻想觸摸一幅畫的今生
過度瞬間
此刻，光影透徹
時間在水影，逐漸黯淡
仿造莫內荷花池
這畫，是否也透出靈魂？

# 莫內

久年前，認識莫內
他筆下荷花
淡淡憂傷
時間在成長歲月發酵
我遇見畫家自傳
開始體會他的人生他的繪畫
原來，
水影不自覺反射莫內的心
荷花池黯淡
伴隨邁入晚年
等待蒼老，等待逝去
生命，光影變化中
留下
情

# 冰淇淋

冬季，看見冰淇淋店
無人排隊慘況
我想起某年
去了上海
雷同的
都市快速繁忙
我坐進哈根達斯分店
暖氣，等候覆盆莓冰融化
窗戶外
人來人往
窗戶內
稀稀落落
凍結愛情，如此刻
冰淇淋等待融化
情人暗語

# 藥妝店

藥妝店標誌退稅招牌
應有盡有
只要消費滿五千

台灣愛掃貨藥妝店
不惜一切
狹小空間，推擠
購買藥品
像求珍寶仙丹
我笑著，聽店員講日文

退稅招牌有著細則——
限制：不可拆封，直到離境
只好轉往無退稅藥妝店
較少人光顧，也安靜

拿下行李無法載重的日用品
旅行東京，遇見奇觀

購物文化瘋狂
靜默社會，格格不入
藥妝店一家一家林立
把消費推到眼前
把獸性展示出來
慾望在日幣下跌年代
消費，應有盡有

# 童話走出來

撫平渴望
只要一點點
真
我就會
沉醉，為了你

童話向兒童訴說有趣
不管天馬行空
動物都擬真說了話
種植在他們
小心願，想持續
聽故事
然後，然後……
渴求故事延續
再延續

娃娃屋，為了滿足
童話缺憾
一個個擬真布偶
填充渴望
排列架上等待
童心認領

童話，走出來
被編織各種奇遇
延續渴望
依靠
天馬行空的
冒險

# 靴下屋

絲襪，這麼簡單
只想保暖。
冷冬東京
用厚織毛襪抵擋
透骨風寒
走進靴下屋
包圍各種襪類
彷彿每雙都向我招手……
消費吧！
為了湊到免稅額度
一雙一雙放入購物籃
意志力薄弱跟著五顏六色
運轉
絢麗網呀……
資本主義工業
捕捉慾望的大蜘蛛

# 飯糰

喜愛便利商店飯糰
除了便利
還快速，帶著走

一日早晨
領去專賣飯糰店
覓食
突然，驚奇萬分
我夾在一堆不懂日文字
完成點餐
兩個飯糰與一碗味噌湯
彷彿等會要去做大事
記得，去台南之旅
早餐也吃飯，一碗大牛肉飯
已經可跑百米。

我看著，四周
精神奕奕
習慣水果與吐司的早晨
瞬間落伍
我用東京人步調
體會，晨間

飯糰，抖擻新鮮
現做美味，暫時
遺忘便利

# 糰子

醬油糰子，尋常
住進東京人心
美味，垂手
糯米搗出味覺
融合在甜鹹醬油
販賣，生活裡
無可缺少的
拼圖

# 便當

百貨地下街，便當
店家精心
把多彩繽紛排入
飯菜序列
韓式、日式、中式
不足一千元日幣的餐盒
飽足所有渴求

# 拉麵店

豚骨香氣
瀰漫三角街區
我順勢往後看去
知名拉麵店，今日三二人
排隊
冷颼冬夜
身體直接轉往隊伍候等
時間並不久
我用蹩腳日文通行
走入擁擠小麵店
人變得巨大突兀
眼看廚師忙碌
一碗碗麵熱氣
在狹小空間，飄盪
也把滿足擠上了天花板

人潮進出
夜晚，不再孤單

# 夜景

霓虹燈閃爍
東京夜景
往旅店前行
酒吧悄悄亮起營業
燒烤店散發閒適
小酌，就只小酌
還有奇裝女子
排排站
露出纖細青春
販賣虛無的
時間

# 烤牛舌專賣店

香味繚繞我
三年，第一次去東京
迷戀烤牛舌
炭香，薄薄牛舌蓋上記號
麥飯佐山藥泥
黏稠像思念
不捨放開
這次，再度回到東京
喚起記憶的鄉愁
直引味覺
即使漫長等待
冬季
我仍在候位隊伍
尋覓，輾轉難眠的
味覺

# 塌塌米旅館

房門打開
塌塌米鋪出和式舒適
暖氣吹送冷冬服務
小室內，提供旅人休憩
寂靜
人聲耳語關上門
瞬間，止息
我關在遠離東京喧囂
外
遙遠……遙遠……
這裡，只有17世紀
詩，松尾芭蕉

# 雨傘

出了西口4號
大雨直落
從機場到池袋
搭電車，沒有留心雨
我與行李在十字街口
淋濕
跟著直覺尋找便利商店
買支新傘，抵擋突如其來

隔日，溫暖旅店
也沒讓我留心天氣
拉出向外的門
白雪紛飛落下
當我驚訝如何前行

立在傘架新傘
撐起瞬息萬變的東京

離開清晨
為了趕機場巴士
同樣狼狽
行李多一倍
遙望重重建物
對街，相隔十分鐘路程
我卻被絆住
這把新傘
牽動著離愁
最終，我留下傘
繼續前行

未來
我將不在

# 電車

複雜交通網絡
這次，我只需熟記山手線
品川、池袋、上野
簡單繞圓圈
從機場到市區
轉車站品川，上下車眾多
暫居池袋附近旅店
想去哪，都從此地開始
閒逛，手錶遺忘在旅店
上野，美術、博物館林立
出站商店，止步
遇見熊貓吉祥物
各種餅乾土產，禮盒
將心，包裹準備送人
電車繼續轉往下一站

疾駛出旅人的思緒
繞著同一條線
迴旋

# 東與西

百貨，東武與西武
我用東、西去記
但方向不對
東武，往西出口
西武，往東出口
像拔河
拉鋸我的方向感
來來回回
地下街通道
迷惘，辨認東與西
半小時，又繞去
北出口方向
陌生交錯熟悉
我在人來人往

看不清

東與西

# 拍賣

冬季拍賣尾聲
春裝佔上好位
目光，全投向春天
冬衣，厚重毛料
渴求領養的眼神
飄盪櫥窗

四周
新與舊，季節
交替中
更新和淘汰

人，也在資本社會
等候
更新和淘汰

# 禮品

日式紙盒
把甜蜜蜜蜂蜜蛋糕
一層層包裹
外層金黃色紙
高貴與價錢等重
繩子也講究
束起
送禮者的心
講求完美新鮮
賞味七日

快速資本都市
人也柔弱
僅存外表

# 冬季草莓

堆疊草莓盒山
冷冬時節，超市總是熱情
艷麗紅
裹上煉乳糖衣
濃情熱度
剛好，抵禦體外冰寒
再高熱量
統統等候夏天瘦身
草莓，啊草莓
蛋糕、甜點
出爐

# 物

帶不走
是諸多日子
設想
可能會，應該要，慾望想
吃的
小桌擺泡麵、速食湯、水果、飲料……
我把可能腐壞
狼吞帶回台北
其他，不該眷戀
道別
眼看多一個軟質行李袋
是過去思念
此地
魂牽夢縈嗎？

未來，也將對桌上物
輾轉難眠嗎？

人，囚禁在眼前
物之存有
棄，或留
潛意識中
伺機擾亂思緒

# 雜記：

## 閒逛東京都周邊

# 神話

## ——記岡本太郎畫作〈明日神話〉

人來人往涉谷
神話看著
川流不息
上班族、學生或觀光客往來
巨幅畫作，默默
流淚
爆炸年代之後
現實與非現實
都在一顆顆血痕之心
朝，四方破碎

## 話語

——記岡本太郎畫作〈明日神話〉

我該如何

讀

曾經破碎過的

淚？

那巨幅爆破

神話隱喻

是你，鋒利話語。

# 三越前

獅子換了新裝
三越百貨前
凜然，戴上粉紅帽子
啣一朵粉色玫瑰
戲仿了誰？
向現代，嘲笑

# 啊！愛人
## ——讀翁鬧〈天亮前的戀愛故事〉

城市，迭起了隱喻
把人關在一格格窗戶
等待救援的夢
在房間，嘶吼
啊！愛人……

我囚禁這裡
一九三〇年代
摩登

# 珈琲時光

走進電影《珈琲時光》
我看真實電車
橋上，些許遊客
穿梭
似乎等待某種心願
男人女人
記錄一點日常
瑣碎記憶，運行中列車
不斷重複

# 春日

遙望東京都
春日站大樓觀景
整個城市積木式
擺放
沒有風吹，靜默夕陽
等待時間
為城市點亮星空

# 湯島聖堂

雄偉建築
崇拜孔子肖像
承傳古典文化
此地
日本與中國十字路
交會
讀聖賢
體會古文深意
我從現代來
無意破壞任何
隱喻
當跨出門界
聖者，已離我遠去
多方向電車聲，交會
轟隆轟隆……

# 走入日治時代

一九三〇年代的作家
走入摩登現代生活
東京，意想之外
遠離家鄉
知識，讓青年著迷
時間流逝將近一世紀
都市結構些許不同
現代仍在街道，出沒
西洋建物閃耀歷史
我在小說描述
穿越時空
如，快速電車駛去
感受女人柔弱
傾聽男人徬徨

# 戰爭與美

戰爭尚未抵達
文藝柔美與眾聲
向日本擴延
接受歐陸藝術思潮
我，為唯美而亡
現代式哀愁
一點一滴，繪出意念
一景一物，寫入虛構
戰爭即將開始
文藝傷逝轉為悲憤
現實與戰事
驅使文學的力量上前線
戰爭式英勇
短暫
美，終戰之後

批判歷史與時代

重新思考

書寫，你該何去何從！

# 舞

戲劇舞台正上演
一齣新戲
沒有多餘話語
身體，訴說你我
感覺
牽動觀眾記憶
我尋找舞者律動
代表了什麼
安室奈美惠經典歌
播放
原來我的青春
也在記憶錄音帶
轉動

讀詩人131　PG2284

# 冬日，在俳句內外徘徊

| | |
|---|---|
| 作　　者 | 楊淇竹 |
| 責任編輯 | 石書豪 |
| 圖文排版 | 周妤靜 |
| 封面設計 | 劉肇昇 |

| | |
|---|---|
| 出版策劃 | 釀出版 |
| 製作發行 | 秀威資訊科技股份有限公司<br>114 台北市內湖區瑞光路76巷65號1樓<br>電話：+886-2-2796-3638　傳真：+886-2-2796-1377<br>服務信箱：service@showwe.com.tw<br>http://www.showwe.com.tw |
| 郵政劃撥 | 19563868　戶名：秀威資訊科技股份有限公司 |
| 展售門市 | 國家書店【松江門市】<br>104 台北市中山區松江路209號1樓<br>電話：+886-2-2518-0207　傳真：+886-2-2518-0778 |
| 網路訂購 | 秀威網路書店：https://store.showwe.tw<br>國家網路書店：https://www.govbooks.com.tw |
| 法律顧問 | 毛國樑　律師 |
| 總 經 銷 | 聯合發行股份有限公司<br>231新北市新店區寶橋路235巷6弄6號4F<br>電話：+886-2-2917-8022　傳真：+886-2-2915-6275 |

| | |
|---|---|
| 出版日期 | 2020年3月　BOD一版 |
| 定　　價 | 220元 |



**Printed in Taiwan**

國家圖書館出版品預行編目

冬日,在俳句內外徘徊 / 楊淇竹著. -- 一版. --
臺北市 : 釀出版, 2020.03
面 ; 公分. -- (讀詩人 ; 131)
BOD版
ISBN 978-986-445-380-1(平裝)

863.51 109001274

# 讀者回函卡

感謝您購買本書，為提升服務品質，請填妥以下資料，將讀者回函卡直接寄回或傳真本公司，收到您的寶貴意見後，我們會收藏記錄及檢討，謝謝！

如您需要了解本公司最新出版書目、購書優惠或企劃活動，歡迎您上網查詢或下載相關資料：http:// www.showwe.com.tw

您購買的書名：______________________________

出生日期：________年________月________日

學歷：□高中（含）以下　□大專　□研究所（含）以上

職業：□製造業　□金融業　□資訊業　□軍警　□傳播業　□自由業

□服務業　□公務員　□教職　□學生　□家管　□其它______

購書地點：□網路書店　□實體書店　□書展　□郵購　□贈閱　□其他

您從何得知本書的消息？

□網路書店　□實體書店　□網路搜尋　□電子報　□書訊　□雜誌

□傳播媒體　□親友推薦　□網站推薦　□部落格　□其他__________

您對本書的評價：（請填代號　1.非常滿意　2.滿意　3.尚可　4.再改進）

封面設計____　版面編排____　內容____　文／譯筆____　價格____

讀完書後您覺得：

□很有收穫　□有收穫　□收穫不多　□沒收穫

對我們的建議：______________________________

______________________________

______________________________

______________________________

請貼
郵票

11466
台北市內湖區瑞光路 76 巷 65 號 1 樓
**秀威資訊科技股份有限公司** 收
BOD 數位出版事業部

..............................................................................
（請沿線對折寄回，謝謝！）

姓　名：＿＿＿＿＿＿＿＿　年齡：＿＿＿＿　性別：□女　□男

郵遞區號：□□□□□

地　址：＿＿＿＿＿＿＿＿＿＿＿＿＿＿＿＿＿＿＿＿

聯絡電話：(日) ＿＿＿＿＿＿＿＿＿＿(夜) ＿＿＿＿＿＿＿＿＿＿

E-mail：＿＿＿＿＿＿＿＿＿＿＿＿＿＿＿＿＿＿＿＿